Richard Kralik

Rolands Tod : ein Heldenspiel

Richard Kralik

Rolands Tod : ein Heldenspiel

ISBN/EAN: 9783744636957

Hergestellt in Europa, USA, Kanada, Australien, Japan

Cover: Foto ©Andreas Hilbeck / pixelio.de

Weitere Bücher finden Sie auf **www.hansebooks.com**

Rolands Tod.

Ein Heldenspiel

von

Richard Kralik.

Wien und Leipzig.

Wilhelm Braumüller
k. u. k. Hof- und Universitäts-Buchhändler.

Das Trauerspiel „Rolands Tod" bildet mit dem Lust=
spiel „Rolands Knappen" zusammen eine Dilogie, ein ein=
heitliches Festspiel. Dem classischen Vorbild des attischen
Theaters und der ästhetischen Erfahrung aller Zeiten folgend,
hat der Verfasser in dieser und in anderen noch nicht ver=
öffentlichten Dilogien das Erhabene und das Komische in
der reinsten Form sich verbinden und gegenseitig ergänzen
lassen wollen. Auch in der Mischung von Rede und Gesang
hat er nicht nur das antike Ideal vor Augen gehabt, sondern
auch die bewährte Praxis aller Jahrhunderte bis auf Ferdinand
Raimund. Daß aber unser nationales Stoffgebiet nicht in
der Antike noch in der Moderne, sondern in den mittelalter=
lichen Sagenkreisen liegt, hat wenigstens für die höchsten
Kunstformen Richard Wagner gezeigt.

„Rolands Knappen" wurden bereits am 21. Februar 1898
zum erstenmal durch die Leo=Gesellschaft aufgeführt, zum
zweitenmal durch die deutsch=österreichische Schriftsteller=
genossenschaft am 15. März. Eine Aufführung durch die
Wiener Sing=Akademie wird vorbereitet. Die vertonten
Chöre zu diesem Lustspiel liegen gedruckt vor. Die voll=
ständige Partitur zu beiden Stücken ist durch den Verleger
in Abschrift zu beziehen.

———————

Personen.

Kaiser Karl der Große.

Erzbischof Turpin.

Herzog Naims von Bayern.

Roland, Karls Neffe, Stiefsohn Ganelons.

Oliwer, sein Freund.

Ganelon von Mainz, Karls Schwäher, Rolands Stiefvater.

Pinabel, Ganelons Neffe.

Walther.

Galien, Oliwers junger Sohn.

Alba, Oliwers Schwester, Rolands Braut.

Marsil, König der Mauren in Saragossa.

Bramunde, seine Gattin.

Blankandrin, maurischer Fürst.

Chor baskischer Hirten und Hirtinnen.

Scene: Der Engpaß von Ronzeval in den Pyrenäen.

————

Kaiser Karl, Turpin, Naims, Roland, Oliwer, Walther, Ganelon, Pinabel und
fränkische Krieger. Sie steigen von den Felsen des Hintergrundes nach vorne nieder,
wo sich der Gebirgspaß zu öffnen beginnt. Morgendämmerung.

Karl. Heil uns! Nach langem beschwerlichen Mühen
Durch Wälder und Schluchten lacht uns das Thal!
Naims. Wir sind im Paß von Ronzeval.
Turpin. Dem hohen Herrn des Himmels Dank!
Sein Finger führt durch die furchtbarste Wildnis.
Oliwer. Schon weicht die nebelfinstere Nacht;
In den Klüften der Berge bleibt sie zurück.
Roland. Schon glänzt uns entgegen Spaniens Au,
Siebenjähriger Kämpfe herrliche Walstatt,
Unsres Ruhmes dauernder Zeuge.
Karl. So blas denn das Horn, mein Neffe Roland,
Und gib dem Heer das vertraute Zeichen
Ersehnter Rast nach manniger Müh'!

(Kaiser Karl reicht dem Roland sein Heerhorn, Roland besteigt damit einen nahen
Hügel.)

Naims. Ja, groß war die Mühe und groß die Gefahr
Des nächtlichen Wegs durch die wilden Pässe.
Traf uns der Feind hier, wir waren verloren.
Oliwer. Hört Rolands Horn, den Olifant!
Die Berge hallen, die Vögel erwachen,
Der Nebel zerreißt vor solchem Schall.
Naims. Stößt er so stark in das hallende Horn,
Um Ruhe zu künden, wie muß es erst tönen,
Fordert er zum Streite den Feind heraus!
Turpin. Der Ritter Hörner antworten von ferne.
Bei solchem Lärmen hörte man kaum
Den lieben Gott im Himmel erdonnern!

Karl. So heißt nun das Heer zum Frühmahl sich rüsten,
Von der Mühe ruhn, vom Nachtfrost sich wärmen!
Die des Heeres pflegen, die Fürsten und Herrn,
Sie lad' ich zu mir, meinen Willen zu hören.

(Roland ist wieder nach vorne gekommen. Die Fürsten versammeln sich um den Kaiser.)

Seit sieben Jahren schon ziehn wir hieher
An jedem Lenz in das schöne Spanien;
Gewaltig heerten wir gegen die Heiden;
Burgen und Städte, Thürme wie Mauern,
Gar fest und theuer, sie mußten zur Erde,
Den Schaden zu büßen, den jene uns thaten.
Umsonst war doch immer all unsere Mühe!
Kaum kehrten wir wieder zur süßen Heimat,
So zerstörten sie alles, was erst wir gebaut,
Und baueten wieder, was wir erst verheert,
Ja, brachen verheerend in unser Land ein.
Da sorgt' ich, es wäre nicht Gottes Wille,
Den Sieg uns zu geben über die Heiden.
Darum beschloß ich unwilligen Muths,
Der Berge Marken nicht mehr zu überschreiten.
Nun kamen vor kurzem zwei Fürsten der Mauren
Nach Paderborn hin an meinen Hof
Und riefen zuhilfe mich gegen den König
Marsil, der mit Unrecht in Kordoba herrsche,
Der ihnen entriß Saragossa, die Hochstadt.
Die Botschaft bedacht' ich und betete brünstig
Aus tiefem Herzen zu Gott. Nacht war es.
Mit thränenden Augen entschlief ich so.
Da sah ich im Traum einen Engel des Himmels,
Der mahnte mich strafend: „Was zögerst du, Karl,
Weil nicht nach Wunsch der Erfolg sich erwies?
Das Land bekehre, du Dienstmann Gottes!
Mache dich auf und zweifle nicht länger!"
So sprach der Engel. Kaum konnt' ich erharren
Den morgenden Tag; da berief ich in Eile
Euch, meine Helden, Vorfechter der Schlacht,
Die nie die Banner zur Schande wandten,

Und führt' euch her über wilde Gebirge,
Die Spanien scheiden vom süßen Franken.
Ich glaub', ich that es mit euerem Willen.

Turpin. Uns, die wir so oft den Leib feilbieten
Um himmlischen Lohn, brauchst du nicht zu reizen,
Gott zu dienen mit lauterem Muth.
Uns treuen Helden hat Gott ja gegeben
Ein glanzvolles Leben: das that er darum,
Unseren Dienst dafür zu haben.
Wer für Gott sich mühet, des Lohn ist bereit
Dort, wo der Kaiser der Himmel dereinst
Wird wiederfordern, was er uns verliehn hat.
Wer stürbe nicht froh, den Kranz zu erwerben,
Der heller strahlt als der Morgenstern?
Dies Turpins Meinung, des Knechtes Gottes.

Roland. Hat Roland jemals den Streit geweigert?

Oliver. Kein Schmählied soll man von Oliver singen!

Naims. Die Treue dem König wird Naims nie verletzen.

Ganelon. Glaub' nicht, mein König, daſs Ganelon feige
Sich scheute, fröhlich sein Leben zu opfern,
Noch daſs er es liebt, dir entgegen zu sprechen,
Wenn er den warnenden Rath nicht verschweigt.
Du sagst es ja selbst, daſs Gott dir nicht gönnte,
In fester Hand Hispanien zu halten!
Miſstraust du der Wahrheit und traust einem Traum?
Oder glaubst du Ungläubigen, die du nicht kennst?

Karl. Ich kenne sie wohl, ich kannte sie seit langem.
Vor vielen Jahren, da mein Bruder noch lebte
Und ich vor jenem weichen musste,
Da fand ich in Spanien sichere Zuflucht
Bei Kordobas Herrscher —

Naims.   Da war's, wo die Schwester
Des Mauren in Liebe zu Karl entbrannte.

Oliver. Auch Karl, so sagt man, war da mit nichten
Der schönen Heidin feindlich gesinnt.

Ganelon. Fern sei es von mir, ihn darum zu schelten.
Doch fürcht' ich, daſs ihn das süße Gedenken
An die todte Geliebte nach Spanien hinzieht.

Sie war wohl der Geist, der im Traum ihm erschien,
Nicht einer der Engel vor Gottes Throne.
Roland. Du lästerst, Ganelon, unsern König!
Ganelon. Zum Besten will ich vielmehr ihm rathen.
Turpin. Du höhnst das Amt der heiligen Engel!
Ganelon. Unholde bekämpf' ich, doch nicht den Himmel.
Naims. Dem König und Herrn versagst du Gehorsam?
Ganelon. Er frägt uns um Rath, ich versag' ihn nicht.
Walther. Gemein von Edelstem dachtest du stets!
Ganelon. Ich will vor Gemeinem das Edle bewahren.
Oliwer. Unkluge Zögerung zu unrechter Zeit!
Ganelon. Noch ist es Zeit! Noch kann man mich hören!
Im nächsten Augenblick ist es zu spät.
Wer weiß, ob nicht die Feinde schon nahen,
Nicht schon uns umlauert der Mauren Verrath?
Pinabel. Ich höre Hornruf und lautes Geschrei!
Naims. Das Gebirg wird lebendig!
Roland. Es speien die Klüfte
Hervor an den Tag eine wilde Schar!
Oliwer. Das sind nicht die Heiden. Seid ohne Sorgen!
Die Basken sind's, grauäugig und schlank,
Das ehrliche Hirtenvolk dieser Gebirge.
Gleich Gemsen springen sie flüchtig daher,
Von Klippen zu Klüften, von Felsen zu Thal!

Der Chor baskischer Hirten und Hirtinnen stürzt in scheuer Flucht herbei.

Chor.

Ein Geschrei erklang
Gewaltig und lang
Im Gebirg und in Thälern und Klüften.
Und es horcht herfür
An der Hütte Thür
Der Hirte nach allen vier Lüften.

Wer ist da? Wer ist da?
Ist der Tod uns schon nah?
Und der Hund, der mir ruhig zu Füßen

Geschlummert, wacht auf
Und bellt im Lauf:
Nicht Freunde gilt es zu grüßen.

Auf Altabikar
Glänzt reisige Schar,
Und es murmelt dumpf an den Hügeln
Ibanetas, dort, dort!
Erschreckt fliehn fort
Die Adler mit rauschenden Flügeln.

Und von links und von rechts
Im Prunk des Gefechts
Kommen blitzende Heere gegangen.
Und wir wollen entfliehn --
Und wir stürzen dahin
Und sind schon umringt und gefangen!

Karl. Euch, Hirten, frag' ich, felswohnendes Volk:
Was klagt ihr und flieht, da niemand euch jagt?
Chor. O rettet uns, Heilige! Rett' uns, o Gott!
Turpin. Wir sind nicht Gottes Feinde, ihr Hirten:
Drum ruft nicht Gott gegen uns zuhilfe!
Chor. Wehe, weh uns! Was wird mit uns werden?
Naims. Was? Thoren, wenn ihr zu Sinnen nicht kommt!
Chor. Habt mit uns Erbarmen! Friedlich sind wir.
Roland. Nicht Helden seid ihr: vor uns seid ihr sicher.
Chor. Angst schnürt mir die Kehle zu.
Oliwer. Wenn ihr nicht sprecht, wie sollen wir helfen?
Chor. So wollt ihr uns nicht tödten? Nein?
Karl. Ich schwör's beim dreigeeinten Gott
Und der heiligen Himmelskönigin!
Chor. So gewinn' ich Muth, euch zitternd zu sagen,
Was uns so verwirrt hat bis zur Verzweiflung.
Wir schliefen ruhig in unseren Hürden,
Als euer Kriegslärm uns plötzlich weckte.
Da flohn wir heimlich beim Tagesgraun;
Doch, ach, vergebens war unser Bestreben.

Denn uns entgegen sahn wir die Mauren
Den Weg uns sperren aus unserem Thal.
So flohn wir verzweifelnd wieder zurück
Und liegen hier flehend zu euren Füßen.
Karl. Ihr guten Hirten, kommt zu euch!
Vor uns nicht braucht ihr Furcht zu hegen.
Naims.
Doch was ist's mit den Mauren, von denen sie sagen?
Wäre Ganelons Furcht begründet?
Ganelon. Dort sprengt eine glänzend gewappnete Schar
Auf weißen Rossen das Thal herauf —
Oliwer. Doch nicht als Feinde; grüne Zweige
Schwenken die Reiter hoch über den Helmen.
Turpin. Gesandte der Mauren sind sie gewiss —
Blankandrin glaub' ich zu erkennen.
Walther. Herbeigeflogen sind sie im Nu —
Sie springen vom Sattel, sie kommen hieher.
      Maurische Gesandte kommen, an ihrer Spitze Blankandrin.
Blankandrin. Heil dir, Karl, König der Franken!
Du bist's, ich brauche hier nicht zu zweifeln.
So hehr blickst du im weißen Bart.
Es leuchtet dein Aug' wie der Morgenstern,
Dass ich meins vor dem Glanze senken muss,
Der Feinden furchtbar, lieblich den Freunden,
Schrecklich den Treulosen, Flehenden gnädig ist.
Minne und Ehre beut dir Marsil
Und all seine Fürsten. Dies sind ihre Worte:
Wir haben gehört, dass zum siebentenmale
Die Müh' du nicht scheust, herüberzuziehn
Über kalte Berge ins sonnige Spanien.
Nun, hast du noch nicht des Streites genug,
Wir sind dessen satt. Drum bieten wir dir
Zahllose Schätze: die edelsten Rosse,
Jagdhunde, Falken, so viel du nur willst,
Elephanten, Maulthiere wollen wir senden,
Mit Golde beladen, dazu an Silber,
Was fünfzig Karren dir tragen mögen,
Alles den edeln Franken zur Minne!

Nur bitten wir dich durch Gottes Ehre:
Heiß deine Ritter heimwärts reiten,
Und gebeut an deinem Stuhle zu Aachen
Einen Hoftag, dahin wir auch gern kommen
Mit tausend Helden kühn und edel,
Dir unterthan unsre Reiche zu machen.
Auch bitten wir dich, dass du uns helfest,
Das hehre Christenthum zu empfahn
Und Gottes Huld durch dich zu erwerben.

Turpin. Nun Lob und Ehre heut wie immer
Sag' ich dem Heiland und allen Heiligen,
Dass sie der Heiden Herz erhellten
Zur rechten Erkenntnis des wahren Glaubens!
Gott möge dein walten, du edler Maure!

Karl. Doch sage, wie willst du das bewähren,
Dass wir deinem Wort auch glauben mögen?
Denn Marsil hat viel Arges an mir gethan!
Er ließ mir einst zwei meiner Boten enthaupten;
Mit Recht thät' ich an euch das gleiche.

Blankandrin.
Du hast ein Recht, meinem Wort zu misstraun.
Doch hör', welche Bürgschaft wir dir geben:
Mich selber magst du als Geisel behalten,
Dazu meinen Sohn und den Sohn des Königs,
Und all seiner Großen edelste Sprossen;
Die magst du mit dir nach Franken nehmen,
Und dort, wenn wir unser Wort nicht halten,
Magst du uns tödten mit völligem Recht.

Karl. So tretet bei Seite, Gesandte der Mauren,
Dass ich mit meinen Baronen berathe,
Welche Weisung euch werden soll!

(Die Gesandten werden abgeführt.)

Wohlan, ihr Fürsten, meine Genossen,
Sagt an, wie euch diese Rede gefalle!
Der heilige Geist geb' euch den Muth,
Dass ihr mir rathet zu gutem Gelingen!

Roland. Ich kann meinen Unmuth nicht länger bezähmen:
Auffahren muss ich in wildem Zorn!

Voll Lift nur senden Boten die Heiden,
Sie wollen mit Golde den Rückzug erkaufen
Nun, da die Gefahr sie allzugroß dünkt.
Sind wir einmal fort, nie wirst du erhalten,
Was in Todesangst sie dir nun versprechen!
Zum Unheil nur trauten wir ihnen stets,
Wenn sie, den Ölzweig in Händen, kamen.
Dieselben Worte hört' ich schon oft,
Doch Treu' und Frieden hab' ich nie erfahren.
Sollten die Früchte all unserer Siege
Verloren gehn? Mein Arm und mein Muth
Hat Spanien siebenmal erobert.
Wer hat es uns immer wieder entrissen?
Kamen wir wieder vergebens da her
Durch weite Länder, über drohende Berge?
Die Heiden zu schlagen ist unsere Pflicht,
Nicht mit ihnen zu tagen! Drum folg' deinem Traum,
O großer Karl, und führ' uns zum Kampf!
Ganelou. Sein Arm und Schwert sind Rolands Stärke.
Drum kennt er nur e i n e n Rath, den Krieg.
Ganz anders ist, was ich dir rathe.
Wohl wardst du betrogen einst ohne Geiseln,
Jetzt bürgt dir das Blut der edelsten Mauren.
Wer dir, o König, anders räth,
Als das Gold zu nehmen, den treibt nur sein Hochmuth.
Roland. Wer hohen Sinn und hohen Muth hat,
Mag sich auch hohes Wort erlauben,
Das nimmer dem niedrig Denkenden ziemt.
Ganelou. Viel mehr der Sorgen als des Trostes
Bracht' uns von je dein Übermuth.
Sich selbst ließ er wachsen, doch nie das Reich.
Roland. Zur Schmähung reißt dich Feigheit hin!
Ganelou. Zu Abenteuern dich blinder Ehrgeiz!
Roland. Wer hat euch von Riesen und Zaubrern befreit?
Ganelou. Das nützte keinem als deinem Übermuth.
Roland. Wer hat die Städte der Mauren erobert?
Ganelou. Und dadurch den Kaiser in Noth gebracht!
Roland. Unmännlich und weibisch ist all dein Sinnen.

Ganelon. Dich selber riß einst hin eine Hexe
Zu thierischem Wahnsinn, unmännlicher Liebe!
Roland. Was zankest du zage!
Ganelon.   Was rasest du thöricht!
Roland. Verrath ist dein Handwerk!
Ganelon.   Und deins Prahlerei!
Roland. Nie wirktest du Thaten!
Ganelon.   Blieb' fern nur dein Rath!
Roland (zieht das Schwert).
Fern blieb nie mein Schwert!
Ganelon.   Zu unserm Schaden!
Nie hast du's gezogen getreu dem Gebot.
Karl (tritt zwischen die Streitenden).
Haltet, ihr Helden! — Ich kenn' euern Rath.
Es ist genug. Laßt weiter uns hören!
Turpin. Herr Gott, sei nun mein Mund die Pforte,
Die deinen Willen rein entsende!
Zum Frieden schuffst du nicht die Welt.
Hier willst du Kampf, gibst jenseits Lohn.
In feindliche Theile zerrissest du die Welt,
Zwischen Christen und Heiden hast du sie geschieden.
Wer Recht erhält, wirst du einst entscheiden.
Doch du willst, daß wir mit dem Schwerte bewähren,
Was wir im Herzen für Recht erachten.
Ob Sieg du gibst, ob Tod auf dem Schlachtfeld,
Stets haben wir deiner Gnade zu danken.
Dein göttlicher Rathschluß ist auch der meine:
Den Kampf um den Glauben zu Ende zu führen.
Naims. Doch dünkt euch das Recht, Herr Bischof Turpin,
Den wegzustoßen, der sich uns hingibt?
Noch viele Feinde gibt's auf der Erde,
Die unserm Schwert noch nicht unterjocht sind
Und deren Hochmuth noch ungebeugt steht.
Wenn die hier aber in Demuth kommen,
Das Heil zu verlangen, so wär' es Unrecht,
Es ihnen zu weigern. Drum ist mein Rathschluß:
Der König zieh' mit seinem Heer
Nach Aachen zurück und erwarte dort

Hispaniens Helden nach ihrem Worte.
Er schicke noch heute dann mit jenen
Einen der Unsern zum König Marsil,
Mit ihm den heiligen Bund zu schließen,
Auch ihn zu bewachen, daß keine Falschheit
Im Herzen des Heiden zur Frucht gedeihe.

Karl. Und, Naims, dein Rath gefällt mir am besten,
Zumal ich in Sorge bin wegen der Sachsen,
Die kaum, so mein' ich, den Frieden halten,
Wissen sie fern uns in südlichster Mark.
Wen aber send' ich nach Saragossa?
Schwer ist der Auftrag, groß die Gefahr.

Naims. Mit deinem Urlaub geh' ich gern;
Belehne mich, Herr, mit dem Botenstab!

Turpin. Mich laß hingehn! Der Priester des Höchsten
Dient wohl am besten diesem Werk.
Gern ruf' ich zum Gotteskampf, gern auch zum Frieden.

Roland. Ein kühner Arm thut hier wohl noth;
Denn mich dünkt, da wird nicht mit dem Hirtenstab,
Nein, mit dem Schwert zu predigen sein.
So gib mir Urlaub und laß mich gehn!

Ganelon. Schlecht taugst du zum Boten, stolzer Roland!
Mengst du dich drein, so geht es zum Schlimmsten.
Der Bischof geh' oder Herzog Naims!

Roland. Mein Stiefvater Ganelon gönnt die Gunst
Wohl andern, selber doch bleibt er vom Spiel.
Er weiß gar wohl, wie wenig des Lebens
Er aus der Gesandtschaft trüge zurück.
Weil er denn mir den Ruhm nicht gönnt,
So rath ich dies: der sei der Gesandte,
Der uns zuerst zum Frieden rieth!
Und das warst du, mein guter Ganelon.

Ganelon. Du zeigst zu offen den feindlichen Sinn.
Ganz unverdeckt wünschest du mir den Tod?

Roland. Du sprachst doch selbst für der Heiden Treue;
Es gab für dich da keine Gefahr.

Ganelon. Doch ist es dein Wille, mich so zu verderben!
Dein Herz wünscht es, dein Mund bekennt es.

Roland. Ich glaube, uns so am besten zu nützen.

Ganelon. Am besten diente dir wohl mein Tod?

Roland. Nicht milde deutest du meine Rede.

Ganelon. Und du widersprichst nicht der ärgsten Deutung!

Roland. Jeder weiß, wie von Feigen ich denke.

Ganelon. Meinst du damit deiner Mutter Gemahl?

Roland. Stets muss ich sein ehelich Glück berühmen;
Doch niemals rühmt' ich seinen Muth.

Ganelon (zu Karl in höchster Aufregung).

Mein König, wenn so die Franken es wollen,
So gib mir den Stab und heiß mich gehn!
Das aber künd' ich hier offen und laut:
Da Roland so bösen Sinn mir bezeigt,
Sag' ich los mich von ihm vor allen Helden.
Wenn Gott es gibt, dass ich wiederkehre,
Will ich so großes Leid ihm erregen,
Dass es die Welt noch lange gedenke.
Doch geht es so aus, wie Roland es wünscht,
Fall' ich bei den Mauren, so bitt' ich dich, König,
Verlass nicht mein Weib; sie ist deine Schwester,
Die adliche Bertha! Auch meinen Sohn,
Den edlen Baldwin, schirm' ihn wohl,
Dass Roland mein Kind nicht erblos verstoße!

Roland. Was soll dein Drohn, das keiner fürchtet?
Wie ziemt einem Helden so schwächliche Klage!
Lass mich doch gehn! Viel besser zu fallen
Dort in der Ferne, als solches zu hören!

Ganelon. Du wirst nicht gehn! Ich selbst führ' es aus;
Und meines Drohns wirst du noch gedenken.
Dein ist der Rath, in den Tod mich zu senden.
Dein eigener Rath soll zum Tode dir werden.
Bald lachst du nicht mehr meines Worts.
Gerechter Kaiser, hier steh' ich vor dir.
Erfüllen werd' ich, was ich verhieß.
So gib mir Urlaub; ich will's nicht versäumen.

Karl. So nimm den Stab, das Zeichen der Macht!

(Er reicht ihm den Stab; Ganelon läßt ihn fallen.)

Oliwer. Der Stab, er fiel! Ein böses Zeichen!
Von dieser Botschaft erwart' ich nicht Gutes.
Roland. Aus Zagheit hat seine Hand gezittert.
Karl. Laßt nun die Gesandten der Mauren kommen,
Daß Ganelon gleich mit ihnen gehe!
Die Geißeln bleiben, außer Blankandrin.
Sofort will ich mit meinem Kanzler
Den Brief ausfertigen. Lebe wohl!

(Alle gehen ab, außer Ganelon und Pinabel.)

Pinabel. Mein Ohm, welch Unheil schuffst du dir da?
Ganelon. Ja, großes Unheil ahn' ich selber.
Doch wer weiß, ob es mich trifft oder Roland!
Unsühnbar ist sein Haß und meiner,
Unerträglich sein Übermuth, allen zur Schande.
Doch Frieden vor ihm will ich uns verschaffen!
Ich geh' zu den Heiden. Du bleibst beim Heer.
Wenn berathen wird, wer die Nachhut führe,
So rathe du nur auf den stolzen Roland.
Ich will indes mit den Mauren tagen
Und Räthe, die er nicht ahnt, ersinnen!
Pinabel. Ich gehorche dir gerne. Doch worauf sinnst du?
Ganelon. Hier kommen die Mauren. Ich muß nun fort.
Pinabel. Und hier kommt der Schreiber mit Karls Briefen.
Lebe wohl! Mir ahnet, weh, was du sinnst.

(Ganelon empfängt vom Schreiber den Brief und geht mit den Gesandten der
Mauren und Blankandrin ab.)

O, wären wir weit aus diesen Schluchten,
Die uns wie Völkergräber dräuen!
Euch aber, ihr Hirten der freien Gebirge,
Beneid' ich. Ihr hütet von Frevel fern
Als euer eigen die Schranken der Völker. (Er geht ab.)

Chor der Hirten.

Ja, als Gott die Berge schuf
Aus der alten Riesen Gliedern,
Setzt' er sie als ew'ge Marken
Zwischen haßerfüllte Völker.

Drunten mögen sie sich jagen,
Flüss' und Meere überbrücken,
Doch zu unsrer Berge Gipfel
Sollen sie nicht aufwärts steigen!

Heilig ist das Hochgebirge!
Auf den Gipfeln wohnen Götter,
Zwerge hüten ihre Schätze,
Riesen halten mächtig Wacht.
Heilig sei der Berge Boden!
Und kein Frevler klimm' herauf!
Menschenblut soll ihn nicht röthen,
Weder Pflug noch Schwert ihn ritzen!

Das Geläut der Herdenglocken,
Das Getön des Hirtenhornes
Sollen friedlich hier allein
Almen und das Thal durchtönen.
Der Gesang der Schäferin
Und der Jubelruf des Jägers
Ruf' den Widerhall der Felswand
Ungestört und selig wach!

Drum, ihr Geister dieser Höhen
Und ihr Riesen dieser Felsen
Und ihr Zwerge dieser Schlucht!
Wenn die blut'gen Krieger kommen,
Schleudert auf sie eure Waffen!
Stürzt sie von den hohen Hängen,
Dass sie ruhmlos niedersinken,
Tief in Eis und Schnee gebettet!

Viele Völker sind gezogen
Schon durch unsre Felsenthore.
Römer sprengten sie und Punier:
Nur das Lied mehr schallt von jenen.

Stets gewechselt hat das Blachfeld
Seine grausam blut'gen Herren;
Wir allein sind frei geblieben,
Wir, das arme Volk der Berge.
Wir, wir!

Kaiser Karl kommt mit seinen Paladinen zurück.

Naims. Der Krieg ist nun zu Ende, König.
Zur Rückkehr stehn bereit die Krieger.
Karl. So nimm das Banner, tapfrer Bayer,
Und trag' es voran durch die Schluchten und Thäler!
Ich selber will den Kern des Heers
Zurücke führen ins Land der Freunde.
Turpin. Wer aber soll die Nachhut leiten?
Roland. Nicht einem Zagen geziemt dies Amt.
Zwar sicher sind wir der Bergbewohner,
Die furchtsam selber zu uns geflohn.
Doch weniger trau' ich den trügenden Mauren,
Kamen sie gleich mit gleißenden Worten.
Pinabel. Misstraust du so sehr, so ist es gerecht,
Dass du selber die Nachhut haltest dem Heer!
Kein andrer wird besser für unser Heil
Besorgt sein, als der so stetig misstraut.
Auch ist es gerecht, dass die meiste Gefahr
Der Kämpe besteh', der am meisten sich rühmt.
Karl. Wie heftig stürmt ihr doch alle auf Roland!
Hegt ihr ihm Neid, dass er in der That
Die beste Stütze des Heeres ist?
Pinabel. Wenig würde der Held dir nützen,
Schontest du ihn, dass kein Leid ihm geschehe.
Doch wohlan, es gibt ja noch andre Helden:
Sei's Odger der starke von Dänemark!
Nicht weniger kühn kämpft er als Roland.
Roland. Nein, niemand sonst maße die Ehre sich an,
Wenn sie nicht mein Ohm, der Kaiser, mir wehrt!
Lasst mich die Nachhut dem Heere halten!
Kein Ross soll dem Reiche verloren gehn,
So lang ich leb' und mein Schwert noch hält, —
Selbst wenn, was er drohte, Ganelon ausführt!

Gib mir den Bogen, mein Oheim und Herr,
Das Zeichen der Herrschaft über die Nachhut!
Mir entfällt er nicht, wie der Stab dem Feigen.
Pinabel. O Roland, schmähst du den fernen Blutsfreund?
Roland. Was er mir gedroht, habt ihr alle gehört.
Oliwer. Er selbst hat sich selbst als Verräther verrathen.
Naims. Was hülf' es ihm doch, wenn er uns verriethe,
Da uns seine Sippe als Geisel verbleibt?
Oliwer. Dem Neider gilt's gleich, ob alle fallen,
Wenn er nur den Haß gegen Roland befriedigt.
Karl. Wohlauf durchs Gebirge mit all unserm Heer!
Du, Roland, harre noch hier mit der Nachhut!
Sobald du die Hörner nicht mehr hörst
Und uns vermuthest jenseit der Berge,
Dann zieh' uns nach in schleuniger Eile!
Und naht dir Gefahr, mein tapferer Neffe,
So stoß ins Horn und in raschem Ritt
Kommt dir zuhilfe all meine Macht. —
So wähl' die Genossen und lebe wohl!
Roland. Wer gerne Gefahr theilt, sei mein Genosse!
Du, Oliwer, weiß ich, wirst mir nicht fern sein.
Walther. Ich bin dein Mann, gern will ich dir folgen.
Turpin. Ich will als der letzte aus Spanien gehn;
Drum bleib' ich bei dir in Noth und Tod.
Roland. Mit Freuden empfang ich so edle Genossen.
Leb' wohl denn, Oheim, Kaiser und Herr! —
Was stehst du da, das Haupt geneigt?
Mich dünkt, du hast Thränen in deinen Augen.
Karl. Nun erst, dieweil's ans Scheiden geht,
Mein lieber Neffe, du kühner Roland,
Beengt mir's klemmend die sorgende Brust.
Denn ich gedenke des schweren Traumes,
Den nächtens ich träumte bei flüchtiger Rast
Noch jenseit der Berge auf freiem Feld.
Mir träumte, ich hielt eine Eschenlanze,
Die ward mir entrissen von Ganelon,
Der schüttelte und schwenkte sie also stark,
Daß ihre Splitter gen Himmel flogen.

2*

Turpin. Gebe Gott, dass der Speer nicht Roland bedeute,
Der stets die stärkste Waffe dir war!
Karl. Mir träumte noch dort ein andrer Traum.
Ich sah mich in Aachen an der Kapelle,
Da biss mich ein Bär in den rechten Arm,
Das Fleisch durchknirscht' er mir bis auf den Knochen.
Turpin. Dass nur der Bär nicht Ganelon sei!
Denn Roland ist dein rechter Arm.
Roland.
Von Jagd und von Kampf hat der König geträumt.
Der Bär ist ein Wild und der Speer eine Waffe.
Auf Wiedersehen im süßen Franken!
Karl. Gott lasse mich heil dich wiederschauen! —
Noch eins vernimm, mein Neffe Roland:
Mein Heerhorn nimm, den Olifant!
Wär' ich noch so weit über Berg und Thal,
Ich würd' es hören, wenn du es bliesest.
Drum, wenn Gefahr droht, sei nicht säumig,
Auf dass zur rechten Zeit wir kommen,
Und vereint dir streiten, wie oftmals schon!
Roland. Dank dir, mein Herrscher, für dieses Horn!
Keinem Feigen gabst du die Gabe.

(Karl und Naims ziehen mit dem Hauptheer ab.)

Chor der Hirten.

Was Gottes Rathschluss längst beschloss,
Bildet er der Seele vor
Ahnungsvoll in heil'gen Träumen
Und in Stimmen tausendfältig
In der Luft, im tiefen Herzen.
Vöglein singen Weltgeschicke,
Bäume rauschen, Quellen rieseln,
Und Propheten sprechen sie
Deutlich wachen Sinnen aus.
Wenig hilft das helle Licht
Doch dem Blinden. Wenig hilft
Süßer Sang dem armen Tauben:

Also hilft dem Menschen wenig
Auch das Wissen um die Zukunft.
Denn er glaubt nicht Gottes Worten,
Glaubt nicht an die Macht, die ew'ge,
Seines Raths, der niemals ändert,
Was er einst beschlossen hat.

Roland, Turpin, Oliwer und Walther mit ihren Kriegern sind zurückgeblieben.

Oliwer. Da ziehen sie hin, die frohen Genossen!
Von tausend Hörner heiterem Schall
Wiederhallen dumpf die düsteren Felsen.
Bald nahn sie dem lieblichen Heimatland.
Schon denken des Hauses sie, denken der Sippen,
Der liebenden Frauen, der zarten Sprossen.
Wird dir nicht milder auch ums Herz,
Gedenkst du, Roland, der bräutlichen Alda?

Roland. Noch denk' ich nur Schlacht. Fern ist mir Ruhe.
Noch sind wir in Spanien, im feindlichen Land.
Noch ist uns das Amt, der Hut hier zu walten.
Noch ist der Verdacht des Verraths nicht geschwunden.
Ja, fast wünscht' ich, dass Ganelon, traun,
Uns die Heiden zum Kampfe schickte,
Ein letztesmal noch mit ihnen zu kriegen!
Da wollten wir zeigen, dass wir nicht die Bayern,
Die Friesen und Schwaben zur Hilfe brauchten.
So lasst uns hier ruhn, doch wohlgerüstet!
Du, Walther, steig dort den Hügel hinan,
Nach allen Seiten der Sicht zu pflegen,
Und wohl zu wachen, ob Feinde nahn.

(Walther geht ab.)

Oliwer. Ja, schärfe die Augen! Ein Schurke ist Ganelon.
Jede Bosheit trau' ich ihm zu.

Roland. Kein Wunder; mein Stiefvater ist er ja.
Den Keim des Zwists trägt solche Verwandtschaft.
Als die adliche Bertha, Karls Schwester,
Dem Willen des Kaisers ganz zuwider,
Ihrem Geliebten vom Hofe folgte,
Dem kühnen Milon von Anglant,
Das war der Anfang vieler Leiden.

Im Lambardenland wuchs heimlich ich auf.
Nur ungern versöhnte sich mein Ohm
Mit seiner Schwester und meinem Vater.
Der starb. Da gab der König die Witwe
Dem Ganelon wieder zum weinenden Weib.
Darum hält Ganelon den schönen Baldwin,
Seinen schwächlichen Sohn, für echter gezeugt,
Als mich, den Sprößling zu feuriger Liebe.
Und er kann's nicht verzeihen, daß mich mein Schöpfer
Stärker geschaffen, mir kühneres Herz
Im eisernen Busen befestigt hat.
Oliwer. Blutsfreundschaft zeugte so glühenden Haß,
Wie feindlichster Haß oft freundlichste Liebe.
So war's mit uns beiden, als vor Viane
Auf Tod und Leben wir uns bekämpften.
Roland. Da war's deine Schwester, die schöne Alba,
Die wie ein Engel vom hohen Himmel
Zwischen uns trat und muthig uns trennte.
Oliwer. Sie schloß den Bund unsrer innigen Freundschaft!
Roland. Und Alba ward meine wonnige Braut.
Daß nur dir, dem Verständigen, Klugen,
Der schnelle Bund mit dem Unbesonnenen
Leid nicht bringe, das walte der Himmel!
Oliwer. Kaum war der Bund der Liebe geschlossen,
Da rief uns Spanien her in den Krieg.
Seit sieben Jahren schon kämpfen wir da.
Und gönnten wir Ruhe den feindlichen Mauren,
War's nur, um im Norden die Sachsen zu schlagen
Oder den Aufruhr in Franken zu dämpfen
Oder auch zu wallen ans Grab des Heilands.
Turpin. Und dennoch muß ich dich schelten, Roland,
Daß du mit der Braut das Fest der Verbindung
Nicht längst schon gefeiert, ruhend vom Krieg
Nur kurze Frist; denn karg ist die Zukunft.
Drum that ich, was ihr wohl beide nicht scheltet.
Der langen Zögerung überdrüssig,
Schickt' ich Boten an Oliwers Schwester,
Zur Hochzeit lud ich sie nach Saragossa,

Sicher, daſs Roland die Stadt bald erobre
Und dort als Spaniens Statthalter throne.
Roland. Mein heißes Sehnen zwang dich dazu!
Doch nun hat ihr Ganelon die Reise erspart.
In Franken muſst du mich nun trauen,
Und nicht als den Herrn der spanischen Mark,
Die mir einſt Karl verheißen hatte;
Nicht als den Sieger, nein, den Flüchtling!
Turpin. Nicht wie wir's erwarten, erfolgen die Thaten.
Mich dünkt, daſs Gott uns Vollendung weigre,
Zur Strafe dafür, weil im heiligen Krieg
Gar oft wir gesündigt, des Ziels vergeſſend.
Oft haben wir alle die eigne Willkür
Höher geachtet als himmlischen Willen.
Ja, laſs uns geſtehn: that jeder getreu
Seine Pflicht und vergaß nicht des ernſten Amts,
Längſt wäre das heidnische Spanien unſer!
Nur unſre Schuld iſt's, daſs Gott uns den Sieg
Nicht gönnt — noch den Martertod in der Schlacht.
Oliwer. So laſſet uns nehmen, was Gott uns beſchert!
Verſagt er uns Kämpfe und Ehren des Todes,
So laſst uns ruhn in den heimiſchen Burgen
Bei goldnem Wein und Harfenklang,
In weichen Armen minniger Frauen!
Roland.
Der Kampf iſt mein Leben, der Friede mein Tod.
Nun erſt verſteh' ich des Einſiedlers Weisſagung,
Der ich ſo lang nicht geachtet hatte.
Oliwer. Was iſt es damit? Davon sprachſt du nie.
Roland. Weil ich mich scheute, von dem zu ſprechen,
Was mir nicht eben Ehre brachte. —
Als wir vor Pampeluna lagen,
Wo ich Ferragus, den Rieſen, erlegte,
Wo Karl mich dennoch im Zorn zum Tode
Verurtheilen wollte, weil ich ihm zum Trotz
Allein die Stadt Nobel erobert hatte —
Da verließ ich ergrimmt der Franken Lager.
Zum Meer hin ſchlug ich ein den Weg.

Oliwer. Wir suchten eifriger damals nach dir,
Als nach dem Gral einst Parzival suchte.
Roland. Ein kleines Schiff fand ich am Strand.
Ich sprang hinein. Weit trug es mich fort,
In fremde Reiche des Morgenlands.
Doch endlich zog es mich wieder zurück
Zu Oliwer, dem Freund, dem strengen Kaiser.
Dies Heimweh erregte ein fränkischer Mann,
Der mir in der Fremde gar viel erzählte,
Wie Karl sein herbes Urtheil bereue
Und gern mich wieder im Heere hätte.
So fuhr ich zurück nach Spaniens Küste.
Manch Abenteuer stieß mir da zu,
Eh daß ich der Franken Lager erreichte.
So stieg ich einst auf einen Hügel,
Um fürder den Weg durchs Land zu suchen.
Eine kleine Klause ersah ich von fern,
Eines Einsiedlers einsame Hütte.
Furchtsam nahm mich der Alte auf,
Doch bald ermuthigt sprach er also:
„Schon hundert Jahre trag' ich das Leben.
Ein Engel kündete einst mir im Traum,
Hier müßt' ich harren so lange, bis Roland,
Der Neffe Karls, zu mir her käme:
Der Tag sei meiner Buße letzter.
Doch niemals, glaub' ich, wird jener kommen,
Denn weit von hier kämpft er für Gott.“
    Ich bin jener Roland, rief ich ihm da zu,
Der thörichten Muthes leider verlassen
Das Heer seines Königs, das Banner Gottes,
Und ziellos in der Fremde schweift.
Sag' an, hast du nicht eine Botschaft
Vom Himmel mir traurigem Helden zu sagen?
    Da sprach der Büßer: „Bist du denn Roland,
So vernimm das Wort, das mir weiter wurde!
Nur sieben Jahre noch hast du zu wirken:
Benütze sie wohl im Dienste Gottes.
Noch ist es Tag: schnell kommt die Nacht.

So wahr ist mein Wort, als heut ich sterbe."
Er sprach's. Erschüttert stand ich da.
„Ich bin Gottes Knecht. Mir geschehe sein Wille!"
So rief ich und sank auf meine Knie.
Die Nacht verbracht ich in heißem Gebete,
Bis dass ein Engel des Herrn die Seele
Des Büßers von hinnen nahm in den Himmel.
Ich begrub ihn treulich und zog von dannen.
Zum Lager des Kaisers kam ich hin.
Oliwer. Und froh empfiengen wir den lange Vermissten.
Roland. Nie hat mir die Weissagung Furcht geschafft,
Denn niemals scheut' ich vor dem Tode.
Ein Leben nur fürcht' ich in träger Ruh;
Das strafte mich ärger als Tod und Wunden.
Und ganz unschuldig der Strafe, fürcht' ich,
Hat Roland nicht sein Leben durchrast.
Nun sind ja die sieben Jahre dahin.
Der Krieg ist zu Ende und — ich lebe!
Oliwer. Weg mit dem Trübsinn! Der Lust lass uns denken!
Die Sonne steht hoch über unserm Scheitel
Und brennt uns so mächtig, wie heute Nacht
Der frostige Thau der Berge uns kühlte.
Lasst uns beim Wein Geschichten erzählen
Von alten Streichen, die wir verübten!
Lasst sehn, wer darin am besten thut!
Sei fröhlich, Roland! Denke daran,
Wie wir in Byzanz beim Kaiser waren!
Turpin. Wo uns die Horcher im Saal aufpassten —
Oliwer. Und wir, sie zu schrecken, entsetzlich prahlten.
Turpin. Du, Oliwer, thatst es da allen voran.
Oliwer. Nun, was ich prahlte, vollführt' ich auch.
Turpin. Du gewannst dir die Kaisertochter zur Braut.
Oliwer. Zu bald musst' ich lassen die schöne Jakobine.
Turpin. Wie Roland mit Alda ergieng es dir fast.
Oliwer. Doch etwas besser ergieng es mir da.
Der kurzen Brautnacht durft ich mich freun.
Roland. Es wächst ein Sohn dir auf in Byzanz;
Mein Schwert hat aber noch keinen Erben.

Oliwer. Kann meine Geschichte dich nicht erfreun,
So mögen die Hirten, die hier noch harren,
Mit Sang und Tanz uns die Zeit vertreiben.
Wer sie lieber verschläft, der geh' ins Gezelt!

Chorgesang und Reigentanz.

Hoch am Himmel steht die Sonne,
Vöglein ruhn in allen Thalen,
Selbst die Grille schwirrt nicht mehr.
Friedlich fließen fort die Bäche,
Friede schwebt ob aller Welt.
Von Verrath, von Streit und Neid
Lassen nur die Menschen nicht.
Was sie sinnen, was sie treiben,
Wer wohl ahnt's, wer weiß es wohl?
Jenen, die zum Frevel reizten,
Ihnen mag's den Muth beschweren!
Wir, wir mögen ohne Sorgen
Singen und zum Tanz uns schicken. —
Nehmt die Zither! Nehmt die Pfeifen!
Laßt die Hirtenleier tönen!
Rührt die Trommel! Schlagt das Becken!
Laßt die Schellen rascher klingen!
Hin die grüne Alpenmatte
Dreht euch lustig nach dem Takt!
Faßt die Hände! Schlingt die Runde!
Hei, so geht der Tanz der Basken!

Als die Römer unsre Berge,
Als die Punier sie betraten,
Tanzten so ihn unsre Ahnen:
Hei, so gieng der Tanz der Basken!

Als die Gothen und Wandalen
Niederstiegen in die Thäler,
Tanzten so ihn unsre Väter:
Hei, so gieng der Basken Tanz!

Ob nun Mauren, ob nun Franken
Sich um unsre Marken drängen,
Tanzen so wir wie die Väter:
Ha, so geht der Basken Tanz!

Wenn nicht Mauren mehr noch Franken
Übrig blieben von der Mordschlacht,
Werden ihn die Kinder tanzen:
Ha, so geht der Basken Tanz!

Oliwer. Noch hör' ich die Hörner von Karls Heere.
Weit trägt den Schall die Luft der Berge.
Sie müssen längst doch über dem Paß sein.
Turpin. Mich dünken sie näher fast denn zuvor.
Roland. Das macht der Wiederhall in den Felsen.
Trügerisch sind hier selber die Berge.
Oliwer. Nein, es ist nicht Täuschung! Von der Ebene her,
Nicht vom Gebirg erklingen die Hörner.
Turpin. Auch klingt mir's nicht wie gewohnter Klang
Von fränkischen Hörnern. Laßt uns lauschen!
Roland. Bei Gott, das sind die Hörner der Heiden!
Ich kenne sie wohl aus mancher Schlacht.
So soll es nun doch zum Kampfe kommen?
Oliwer. Bleibt ruhig noch und harret auf das,
Was Walther uns bringt! Dort kommt er vom Hügel,
Der ins Thal hinschaut. Er wird uns berichten —
Walther (kommt).
Verrath! Verrath! Die Mauren, sie kommen!
Unzählbar wogen die Scharen herauf
Durch Thal und Schlucht von der Ebene her.
Wie steigende Fluten wallt es empor.
Oliwer. Auf die Höhe hinauf! Hinan! — Von hier aus
Erspähn wir das Thal bis weit in die Ebne.
Roland. Laß mich sehn! — Ja, das sind die Feinde
In weißen Panzern und flammenden Helmen.
Ihrer Speere Spitzen, Gold und Gestein
Der reichen Schilde strahlt in der Sonne.

Die flatternden Wimpel, die wallenden Fahnen,
Vermag keines Menschen Auge zu zählen.

Oliwer. Der schurkische Ganelon hat uns verrathen!
Hei, viele Arbeit schafft er den Franken.
Denn Hunderttausende sind wohl der Mauren,
Nur wenige sind in Karls Nachhut.

Turpin. Gott mög' euch stärken, ihr biederen Franken!
Euch wird noch heute heißes Mühen.
Steht fest im Feld, dass wir sieglos nicht werden!

Roland.
Nicht braucht es der Mahnung. Schande den Zagenden!
Und gieng's zum Tod, an uns nicht fehl' es!

Oliwer. Das einzige Heil in solcher Bedrängnis
Ist, dass uns Karl den Olifant ließ.
Sein Schall ist so mächtig: gewiss, ihn hört
Der treue König noch über den Bergen,
Und sicher kommt er zur rechten Zeit
Uns noch zuhilfe, eh alle wir fallen.

Roland. Was denkst du, Freund! Was sollt' ich thun?
Mein Ruhm wär' verloren im Reiche der Franken,
Blies' ich das Horn, eh Kampf ich begönne.
Mein Schwert nur will ich ertönen lassen,
Und die Helme der Heiden mit klingender Klinge.
Zu ihrem Unheil sollen sie kommen!
Ich schwör's, dass zum Tode sie hier sich drängen!

Walther. Graf Roland, blas den Olifant! Höre
Auf Oliwers Rath, des treu'sten Freundes!
Karl gab dir das Horn dazu!
Gehorsam zu üben, lass es ertönen!

Roland. Blies' ich, wie würde Ganelons Sippe
Schmählen und dort zum Kaiser sagen:
„Hörst du den Hall? Gewiss bläst Roland
Um einen Hasen den Olifant." —
Nie soll im Arm mir Alda ruhn,
Wenn ich so mich schände, um Hilfe zu schreien.
Der Hiebe wegen lobt mich mein König,
Nicht um die Kunst, das Horn zu blasen.
Mir soll von den Lebenden keiner sagen,

Ich hätte jemals um Hilfe gefleht.
Viel lieber zerbräch' ich den Durendart,
Mein gutes Schwert, meine beste Hilfe!
Das soll mich allein aus der Noth erretten!
Turpin. Vermessen baust du nur auf dich selbst.
Die Christenheit bringt dein Weigern in Noth.
Du opferst das Volk. Drum folge, blase!
Gott selber ist's, der dir's gebietet.
Roland. Nicht denk' ich, dass es Gott missfalle,
Wenn ich den Ruhm seines Volks erhöhe.
Ein Ritter, der nicht kühnlich wagt —
Mönch soll er werden, und Tag und Nacht
Im Kloster für unsere Sünden beten!
Doch einst soll man singen, dass mit Graf Roland
Ein kleines Häuflein freier Franken
Dem größten Heere der Heiden obsiegte.
Oliver.
Wohlan denn, willst du dem Tod uns weihn,
Ich weigre mich nicht. Lass ums Leben uns spielen!
Doch sag' ich es offen: nicht Karl hat die Schuld
An unserm Tod. Er weiß nichts davon.
Du bist's, der sich wehrt, ihm das Zeichen zu geben.
Doch wohlauf! Kein Wort mehr falle hierüber! —
Walther. Schon seh' ich sie Thal und Höhen bedecken.
Turpin. Die Schluchten umher sind von ihnen erfüllt.
Walther. Nicht Schande träf' uns, wenn du bliesest;
Denn groß wird der Schade dem Volk der Franken.
Turpin. Eine böse Nachhut wird heute gehalten.
Wer diese hält, wird keiner mehr walten.
Roland. Du sprichst zu sicher, mein frommer Freund!
Hier will ich kämpfen um Ruhm und um Leben.
Und fall' ich, so soll meines Schwertes Erbe
Sich rühmen, ein Tapfrer hab' es getragen.
Oliver. Was du dir wünschtest, ist dir geworden!
Schlacht wirst du haben mehr als genug.
Turpin. Nun, edle Franken, geht auf die Heiden!
Ruft Gott an um Gnade! Bekennt eure Sünden!
Ich sprech' euch frei, eure Seelen zu retten.

Fallt ihr, so sei's als Zeugen des Glaubens,
Im Paradies euren Sitz zu erzwingen.

(Alle knien.)

Roland.

Wir knien dir zu Füßen. So segne uns, Geweihter!
Wir beichten die Schulden: Gott mag sie uns nehmen!
Als Buße kannst du nicht anderes mehr
Uns auferlegen, als Heiden zu fällen.
  Nun auf von der Erde, Freunde und Franken!
Uns ließ hier der König, weil er uns für tapfer
Hielt. Es ziemt sich, daß wir es beweisen.
Ganelon hat uns den Heiden verrathen,
Wir wollen den Handel mit Eisen bezahlen.
Den Tod sollen jene sich nur erkaufen! —
Du, Walther, bleib' hier mit dem Troß! Auch Turpin!
Ich hoffe des Priesters nicht zu bedürfen. —
  Die Rosse her! Dann sprengt hinein
Nach der Lust eures Herzens! Schont euch nicht!
Gedenkt des Schlachtrufs unseres Kaisers:
Freude, so heißt er. Freude! Freude!

(Roland geht mit Oliwer und den übrigen Rittern ab. Turpin und Walther bleiben
zurück; sie sehen von einem Felsen auf das Schlachtfeld hinaus.)

Turpin. So zieh' dahin, mein muthiger Held!
  Sei stark und kämpfe! Gott sei mit dir!
Walther. Er springt aufs Roß, er schwingt den Speer,
  Die goldnen Quasten schlagen seine Hände.
  Er reitet den Seinigen weit voraus.
Turpin. Ein riesiger Mohr sprengt auf ihn zu.
Walther. Doch rascher noch rennt ihn Roland an.
  Ihn durchbohrt sein Speer — todt liegt er im Feld.
Turpin. Auch Oliwer bleibt nicht zurück. Es durchrennt
  Einem Mauren den Schild, den Panzer, den Leib
  Sein eiserner Speer mitsammt dem Fähnlein.
Walther. Das dort ist der tapfere Engelher.
  Er trabt als dritter dran auf die Heiden.
  Was nutzt dem Gegner Schild und Wehr!
  Sein schwarzer Leib schießt hin zur Erde,
  Zur Hölle fährt die schwärzere Seele.

Turpin. Gerer, der treue Genosse, wie fliegt er!
Herrlich geht, gar herrlich die Schlacht!
Wer traf dort den ragenden Mauren so sicher?
Walther. Sanson, der Herzog, ist es gewesen.
Fürwahr, es ist ein Heldenstrauß!
Turpin. An wessen Speer zuckt dort der Heide?
Walther. Des Ansegis ist er, des wackeren Helden.
Gewaltig und allgemein wird die Schlacht.
Doch wo ist Roland?
Turpin. Ha, sein Schaft
Zerbrach in Stücken durch manchen Stoß!
Nun zieht er sein Schwert, den Durendart,
Und spornt sein Roß in die Mitte der Feinde.
Walther. Hei, wie stürzt da Leiche auf Leiche!
Wie springt hervor das klare Blut
Und färbt ihm Arme, Hals und Schultern!
Turpin. Keiner ist zum Kampfe säumig.
Alle Franken schlagen sich wacker.
Nicht Tadel verdienen Karls Genossen.
Heil unsrer Heldenschaft! Freude! Freude!
Walther. Oliwer, fort mit dem Trumm deines Speers!
Zieh' heraus dein Schwert, die Altekläre,
Mit dem goldnen Griff, dem krystallnen Knauf!
Turpin. Gerin und Gerer sprengen dahin!
Wer der Schnellste von beiden, erkenn' ich kaum.
Krafthiebe führen die Franken und die Feinde,
Die haun, die schirmen sich. Keiner flieht.
Manch blutiger Speer ist schon zerbrochen,
Manch Banner und Fähnlein in Fetzen gerissen.
Walther. Gar schwer und gewaltig wird nun die Schlacht.
Es fallen die Feinde zu Tausenden hin.
Sie fliehn, um sich vorm Tode zu schützen.
Turpin. Doch ach, wie lange noch wird es dauern?
Stets neue Scharen wälzen sich her.
Wenn du nicht, o Herr, deine Engel sendest,
So sind wir verloren troß siegenden Muths.
O, schick' deine Donner und heiligen Blitze!
Sende den Sturm und das Hagelgewitter

Den Heiden ins Antlitz, dass sie erblinden!
Lass die Erde sich spalten und jene verschlingen!
In Finsternis hülle die ganze Welt,
Dass die Mauren wohl deine Macht erkennen
Und grauend entfliehn vor deinen Zeichen!
Aber haben wir frevelnd vor dir gesündigt,
So straf' uns, doch lass nicht die Seele verderben:
Nein, lass uns erwerben das hehre Himmelreich!

Walther.
Mit neuer Macht kommt der Führer der Feinde.
Margaris ist es, erkenn' ich ihn recht.
Ganz blutig ist er, von vier Speeren verwundet.
O Gott, welch ein Ritter, wär' er ein Christ!

Turpin. Ihm eilt noch ein muthiger Mohr zuvor
Und berennt den tapfern Engelher.

Walther. Weh! Engelher fällt!

Turpin.   Gott, eil' ihn zu rächen!

Walther. Oliwer, eile! — Ha, gut traf der Hieb!
Der Mohr sinkt zu Boden und hinter ihm
Fallen sie heulend von Oliwers Hand.

Turpin. Ach, wenig hilft es! Dort fällt ein anderer
Von Karls Genossen, der edle Sanson.

Walther. Zu ihm eilt Roland, den Freund zu rächen.

Turpin. Während er kämpft wie ein wüthender Löwe,
Fällt der Übermacht dort Ansegis.

Walther. O böser Maure, Gott gebe dir Unheil!
Du schlägst einen, den mein Herz bejammert.

Turpin. Ich seh' nicht mehr Gerin, seh' Gerer nicht mehr.
Wohin ist Berengar und Wido?
Wo Austorich, der reiche Herzog?

Walther. Ha, Roland hält noch hoch sein Schwert!
Von Blute trieft's, und vor ihm her,
So viel ihrer sind, sie fliehen alle.
Zum zweitenmal fliehn sie den Abhang hinab
Und geben den Unseren wieder Raum.

Turpin. Ach, nur bis sie stärker sich wieder gesammelt.
Nun gebt mir den Schild! Nun reicht mir den Speer!
Nun bringt mir mein Ross! Denn länger nicht kann ich

Der Arbeit der Freunde so müßig zusehn.
Nun muß auch der Priester des Lebens sich wehren.

Oliwer (kommt mit anderen Kämpfern zurück).

Hieher, mein Roland! Rasch hieher,
Bevor die Feinde zum drittenmal kommen!
Auf dieser Stelle laß uns sterben.
Wo ist der Erzbischof? Wo ist Turpin?

Turpin. Hier bin ich, bereit, mit euch zu fallen.
Wo weilet Roland? Steht er noch aufrecht?

Roland (kommt). Oliwer, hier? Nun gilt es, Turpin!
Am Grund liegen all meine Gefährten.
Nun ist es Zeit, unsre Mannheit zu zeigen.

Oliwer. Eh war es noch Zeit, nun ist es nicht mehr.
Nun hilft kein Rath. Zu Ende ist alles.

Roland. Mein Oliwer, Freund, du zürnest mir?

Oliwer. Ja, Roland, denn nur du trägst die Schuld
Des schweren Schadens, den Karl heut erfährt.
Den klugen Ritter schilt keiner feige.
Mehr gilt als Übermuth weises Maß.
Die Franken fallen durch deinen Leichtsinn.
Gehorchtest du mir, wäre Karl schon da,
Gewonnen wäre die schreckliche Schlacht,
Die Heiden gefangen all oder todt.
Zum Unheil prahltest du mit deinem Muth.
Nur wenig Nachruhm gewinnt dir die That.

Turpin. Um Gotteswillen, laßt diesen Streit!
Hilft uns auch nicht des Hornes Ruf mehr,
So rath' ich doch, den Olifant zu blasen.
Kommt dann der König, mag er uns rächen
Und unsre Leiber mit Ehren begraben!

Roland. Vergib, mein Oliwer, Turpin, vergib,
Daß ich euch nicht folgte, da weise ihr riethet!
Dem Tode verfallen seh' ich uns wohl.
Ich seh', daß ich allein es verschuldet.
Doch tadelt mich nicht, als geschah's aus Prahlsucht!
Ich konnte nicht anders, so wahr ich der Roland.
Den Roland habt ihr so lange geliebt:
Ihr mußtet gefaßt sein, anders nicht

Als all mein Leben lang mich hier zu finden.
Doch sollt ihr nicht fürchten für Ruhm und für Ehre.
Nicht Schande soll meine That euch bringen!
Wir wollen so sterben, daß späte Geschlechter
In süßen Liedern unsern Ruhm
Beneiden sollen. Dünkt euch das wenig?
Auch du, mein Freund, mit all deiner Klugheit
Und weisen Vorsicht, wärst doch einst gestorben,
Und schönern Tod gewiß nicht als jetzt. —
  So will ich denn blasen den Olifant!
Er bringe dem Kaiser die fröhliche Kunde,
Daß wir hier kämpfen um Himmelslohn!
  Dann frisch in den Kampf um den höchsten Preis!
Ein Schuft, wer sich nicht theuer verkauft!
Schlagt drein, ihr Herren, mit blanken Schwertern
Und streitet ihnen das Leben ab,
Daß Schmach nicht die süße Heimat erwerbe!
  Wenn Karl, unser König, dann kommt aufs Schlachtfeld,
Nicht wird er sich weigern, die Todten zu ehren,
Sieht er auf e i n e n Ritter der Unsern
Fünfzig der Feinde den Boden bedecken.
Turpin. So blas dein Horn und führ' uns zum Kampf!
Denn sieh, schon stürmen zum drittenmal
Herauf der Heiden erneuerte Haufen!
Oliwer. So blas dein Horn, oder blas es nicht:
Wir werden mit ihnen zu sterben wissen!

(Alle Ritter gehen ab. Man hört den Olifant tönen.)

Chor der Hirten.

Ha, wie hallt das Horn, das hehre,
Daß die Bäume furchtsam beben
Und die Vögel, scheu erschreckend,
Aufwärts fliegen, sich zu retten,
Und die Erde donnernd wankt
Und die Felsenschluchten brüllen!
Und das Wild enteilt verwirret,
Und die Quellen stocken bange,

Und die stummen Fische staunen!
Was da lebt und was da nicht lebt,
Ahnet tief mit dumpfen Schauern
Dieser Männer Todesnoth.

Götter mögen nun sich neigen!
Schlachtengeister mögen walten,
Ihre Lieblinge zu schützen,
Oder sie mit Ruhm gesättigt
In den Himmel hinzuleiten!
Geier mögen beutehungrig
Sich mit schweren Flügelschlägen
Dieser Leichenstätte nähern,
Raben krächzend sie umkreisen!
Wölfe mögen bluterdürstend,
Heiser heulend, feige harrend
Diese Walstatt nun umkreisen!

Ihr, o Hirten dieser Almen,
Laßt uns mit den scheuen Rehen,
Laßt uns mit den raschen Hirschen
Diesem Jagdgrund jäh enteilen,
Wo der Tod mit tausend Bogen
Jagt auf allzu edles Wild!
Seht, wie er schon auf uns zielt!
Flieht, ihr Freunde, fliehet! — flieht!

Der Chor der Hirten entflieht auf die Berge. König Marsil, Blankandrin und
andere maurische Ritter kommen im Kampf mit Oliver.

Marsil. Herauf, ihr muthigen Mauren! Herauf!
Heut zeig' sich, wer Recht hat und wer Unrecht:
Mohammed oder der Gott der Christen!
Blankandrin. Gott selber hilft uns und Mohammed;
Die Hunde gibt er in unsre Gewalt.
Oliver. Du lästerst. Wehe über dich!
Karl und Christus hat nimmer verloren,
Wenn ich auch sterbe und du mich besiegst.

(Sie kämpfen. Blankandrin fällt.)

3*

Er verstummt. Doch schwer bin ich selber verwundet.
O Roland, wo bist du, mein theurer Roland?
Zu groß ist der Feinde Überzahl!

Marsil stürmt, andere Christenritter verfolgend, vorbei. Während der sinkende Oliwer sich gegen die eindringenden Mauren vertheidigt, kommt der junge Galien.

Galien. So viele auf Einen! Hinweg von dem Ritter!
Mit Lebenden kämpft, doch nicht mit Sterbenden!

(Er jagt die Mauren in die Flucht und bleibt allein mit Oliwer.)

Du bist verwundet, edler Franke?
Oliwer. Wer bist du, Kind, das so kühn mich vertheidigt?
Bist keiner der Unsern. Niemals sah ich dich.
Und dennoch dünkt mich dein Antlitz nicht fremd.
Galien. Nicht Zeit ist zu reden; doch wisse, kein Maure
Bin ich, kam ich mit ihnen gleich her,
Weil andrer Weg sich nicht bot nach Franken,
Wohin ich strebe, den Vater zu finden.
Oliwer. So ist der Franken einer dein Vater?
Galien. Oliwer nannt' ihn mir meine Mutter.
Oliwer. Wer ist deine Mutter? Sag's, eh' ich sterbe!
Galien. Jakobina, die Tochter des Griechenkaisers,
Ihm einst vermählt, doch nur eine Nacht.
Nie kam der Held zurück zur Braut.
Mich, als Waise geboren, hieß sie Galien
Nach dem fernen Geliebten aus gallischem Lande.
Roland *(kommt).*
Oliwer rief mich. Ich hörte seine Stimme.
Weh mir, wie liegst du so bleich im Blute!
Oliwer. O grausame Freude! Schmerzliche Lust!
Sieh, Roland, hier meinen einzigen Sohn!
Roland. Der Sohn der Griechin?
Galien.   Heil mir, daß ich kam,
Zur rechten Zeit, den Vater zu retten!
Oliwer. Zur Rettung zu spät, doch zurecht zur Rache!
O Kind, gehorche dem sterbenden Vater!
Stürze dich nicht in todsichern Kampf!
So rasch du kannst, eil' hin durchs Gebirg!
Karl, den König, triffst du am Weg.
Ihm künde alles, mahn' ihn zu eilen,

Eh die Mauren verlassen die blutige Walstatt,
Eh wir den Wölfen noch werden zum Fraß!
Roland. Gehorche dem Klugen! Hätt' ich ihm gehört,
    Nicht stünd' es also!
Galien.   Dich ließ' ich allein?
Oliwer. Mein Roland ist bei mir. Eile! Flieh!
Galien. So soll meine Mutter dich nicht mehr sehn,
    Die mich dir gesandt hat in ihrem Jammer?
Oliwer. Ich empfehle sie Gott. O, rette dich, Sohn!
Galien. Wie kurz nur durft' ich dich schauen, mein Vater!
    Zu Karl denn eil' ich, wie du befahlst.
    Ihm künd' ich's, tödtet mich eh nicht der Schmerz.
                         (Er geht ab.)
Oliwer. Vergib mir, Geliebte! Mich hält zu mächtig
    Der Tod hier zurück, mein Wort dir zu halten.
    Auch Rainer, den Vater, soll ich nicht mehr sehn,
    Noch Alda, die Schwester. Ihr Jammer wird groß sein.
      Hier laß mich sinken ins kühle Gras,
    Mein kühner Roland, und küss' mich noch einmal! —
Roland. Weh mir! Wie bist du entfärbt und blaß!
    Das klare Blut, es rinnt dir vom Leib,
    Zur Erde rieselt es hin in Bächen.
Oliwer. Mein Auge wird trüb. Bist du's noch, Roland?
    Nicht erkenn' ich mehr Nähe und Ferne.
    O Karl, o Kaiser, kommst du noch nicht?
    Eile, mein Sohn, du süßer, o eile! — (Er stirbt.)
Roland. Ihm stockt der Hauch. Der Helm fällt vornüber.
    Der leblose Leib schmiegt sich zur Erde.
    O kehre zurück, mein Oliwer! Bleibe!
    Nie war ein Mann so bekümmert wie ich,
    Da ich todt dich sehn muß. Was hilft doch dem Kühnen
    Die Kühnheit auf Erden, dem Klugen die Klugheit?
    Was bleibt mir Freude von unserer Freundschaft?
    Nie war zur Welt ein besserer Ritter —
    Und dahin ist alles, alles dahin.
Walther (kommt). O Roland, Jammer muß ich dir künden:
    Schon fiel alles Volk, erschlagen vom Feind.
    Verwundet flieh' ich, dich selber zu warnen.

Keinen der Unsern sah ich mehr aufrecht
Als Turpin allein, den wackern Bischof;
Vielleicht fiel auch er, seit ich ihn verließ.

Roland. Du sagst mir nichts, was zum Hören mich weckte.
Denn sieh, hier liegt mein Oliwer todt.

Turpin (aus der Ferne). Roland, Roland!

Walther.   Turpins Stimme?

Turpin (kommt). Wer von den Christen lebt noch?

Walther.   Wir drei.

Turpin. Ich nicht rühme mich, daß ich noch lebe.
Von vier Speeren durchstochen klafft
Mein Leib, den ich zum Tod hinschleppe.

König Marsil und die andern Mauren, die früher vorbeigestürmt waren, kommen nun zurück.

Marsil. Besiegt sind die Franken, gefällt und erschlagen.
Groß ist Gott und groß sein Prophet.
Uns gab er Recht, den Christen Unrecht
Im heiligen Kampf um unsern Glauben.
Auf, laßt uns siegprangend das Schlachtfeld verlassen.
Mit Siegsgesang einziehn in Saragossa!
Den Raben und Geiern laß' ich die Walstatt.

Roland. Nein, noch ist nicht der Kampf entschieden,
Da Roland noch lebt, bereit zu rächen
Alle, die sanken ins blutige Feld!

Marsil. Wenn Roland noch lebt, dann duldet freilich
Den größten Schaden Gottes Welt.
Aus Spaniens Garten will ich ihn rotten.
Nie soll er mit Blut ihn wieder begießen!
Begrabt ihn mit Pfeilen, mit Speeren und Lanzen!
Sein Fall sei das Ende allen Streits.

Walther. Zurück von Roland!

Marsil.   So falle mit ihm!

(Roland und Walther fallen, von den Wurfgeschossen der Feinde getroffen.)

Turpin (am Boden liegend).
O Gott, verläßt du uns?

Marsil.   Uns steht er bei. —
Sterbt und verröchelt hier in der Wüste!

Roland (richtet sich noch einmal auf).
Nur als Sieger soll Roland sterben.
Flieht von hinnen! Und den Tod
Nehmt zum Gefährten! (Er trifft den Marsil).
Marsil. Weh mir! Ich sinke —
(Die Mauren entfliehen vor Roland mit ihrem schwerverwundeten König.)
Roland. Sie fliehn! Ich sterbe. — Wo ist Walther?
Todt? — Ohne Leben. — Und Turpin, der Tapfere?
Noch pocht ihm das Herz. Sein Aug' ist starr —
Turpin (erwacht aus der Ohnmacht).
Wo bin ich?
Roland. Noch in dieser Welt,
Wo Walther und Oliwer nicht mehr sind.
Turpin. O, bring' mir Wasser —
Roland. Ich will's versuchen,
Gar schwach schon bin ich. Allzuviel
Verlor ich des Bluts. Mir starren die Glieder —
Es zieht mich zu Boden — kaum kann ich vorwärts.
Turpin. Nach irdischem Wasser nicht dürstet mich so —
Bald werd' ich ja trinken der himmlischen Trank,
Den Durst zu sättigen für alle Zeiten.
Sie rauschen, sie rieseln, die seligen Quellen,
Näher und näher — unnennbare Wonne!
Himmlische Wolkenburg — goldener Hain —
Purpurne Schatten — ewiges Licht! (Er stirbt.)
Roland. Wie sanft liegt er da! Mitten auf der Brust
Hält er gekreuzt die schönen Hände. —
Den Himmel erstrittest du, Streiter Gottes!
Nicht nur durch Worte, durch große Thaten
Bekämpftest du stetig Gottes Feinde.
Er gewähr' dir dafür seinen heiligen Segen!
Solch Gottesmann war nicht seit den Aposteln.
Des Himmels Pforte steh' dir offen! —
Ach, wird sie mir auch offen sein?
All, die hier fielen, sie sanken durch mich.
Nur ich allein hab' sie alle gemordet.
Doch wie's auch sei, man soll mich nicht tadeln,
Daß ich nicht vollendet, was ich begann. —

Wo ist mein Horn und mein gutes Schwert?
Auf diesen Hügel will ich mich noch schleppen,
Das Antlitz gekehrt nach dem schönen Spanien,
Wie's dem Sieger im Kampf geziemt.
Denn ich bin's allein, der die Walstatt noch hütet.
Wem aber gönn' ich den Durendart,
Mein gutes Schwert? Es ist kein Ritter,
Der seiner würdig. Todt ist mein Freund.
O heiliges Schwert, wie scheinst du so klar!
Der Sonne entgegen, die blutig dort niedergeht,
Flammt dein Stahl wie der funkelnde Blitz.
So flammtest du einst im Thal Moriane,
Als Gott durch einen Engel dem Kaiser befahl,
Nur einem Tapferen dich zu schenken.
Dort gürtete mich mein Lehnsherr mit dir.
Mit dir bezwang ich die Normandie,
Du zwangst Burgund und Lotharing,
Die Lombardei und das Land zu Rom.
In Sachsenland erkämpftest du Sieg.
So viele Lande nahmst du ein,
Als Karl beherrscht, mein mächtiger Ohm.
Nicht gerne lass ich dies Schwert einem andern.
Ich möcht' es hier am Fels zerspellen,
Doch ich weiß, du zerspringst nicht, was ich auch thu',
Denn viele Heilthümer hegt dein Knauf.
Mit meinem Leib will ich es decken,
Das edle Schwert und das helfene Horn.
Zum Lande der Feinde wend' ich mein Haupt,
Denn, traun, als Eroberer will ich sterben.
Meine Frist ist vorbei. Allvater, erbarm' dich!
So wie der Lehnsmann seinem Herrn
Reich' ich dir meine Hände hin
Und geb' mich gänzlich dir zu eigen.
Sei mir so treu, als ich dir's gesollt!
Ermattet sinkt mein Haupt auf die Brust.
Erinnerung durchjagt mich an all mein Leben,
An meine Mutter, an meine Braut,

Die ich nicht mehr im Arm soll halten.
Es war meine Schuld und mein Geschick.
Wenig des Glücks hatte mein Leben.
Von Schlacht zu Schlacht trieb mich mein Muth.
Ruh' und Minne war andern beschieden.
Mir war der Schlachtruf Hochzeitsgesang.
Und wär's auch Frevel, guter Gott,
Muß ich doch sterbend ihn noch rufen,
Den Schlachtruf Karls: Freude! — Freude! (Er stirbt.)

Der Chor der baskischen Hirten und Hirtinnen kommt langsam wieder von den
Bergen hernieder.

Chor der Hirten.

Todtenstille starrt im Thale,
Das noch Kriegslärm erst erfüllte,
Todtenstille stumm und taub.
Nirgend Lebendes zu schauen,
Wo noch Leben mächtig wogte;
Mit der Sonne ist's entflohn.
Blutig geht sie dort hinunter.
Über Thal und Schlucht ergreift
Nun die Dämmerung ihre Macht.

Grausig ist des Grundes Anblick.
Blut'ger Dunst erfüllt ihn gänzlich.
Ächzend ziehn der Todten Geister
Ihren Weg über das Moor hin.
Grass geballt im Todeskampfe
Liegen Heere von Erschlagnen
Aufgehäuft zu Bergen da,
Roß und Reiter, drüber, drunter,
Und ein einzig Bett vereint
Christen nun und Heiden hier.
Wer war Sieger von den beiden?
Wer verlor das schwere Kampfspiel?
Kaum mehr kann ich es erkennen.

Mächt'ger Tod, du warst allein,
Du allein der große Sieger!
Christen so wie Heiden warfst du
Gleichen Muthes in den Staub.
Dich erkennen wir als Herrn.
Freundlich kommst du zu uns Hirten,
Führst mit sanfter Hand zum Grabe
Spät den lebenssatten Greis.
Schrecklich schmettert deine Keule
Dieser Krieger Jugend nieder,
Deren Geist ungern entflieht.

Von Galien geführt, kommt Kaiser Karl, Naims und das ganze fränkische Heer.

Karl (noch hinter der Scene).
Wohin noch führst du uns, Oliwers Sohn?
Galien. Hieher, o König! Dies ist der Ort.
Naims. Still und stumm. Kein Laut in der Runde.
O Roland, Turpin, Oliwer! — Roland! —
Nur der Wiederhall antwortet dem Ruf.
Karl. O schweres Leid! O furchtbares Weh!
Hier ist kein Fußpfad und kein Weg,
Von aller Erde ist kein Zoll breit,
Wo nicht ein Maure liegt oder ein Franke.
Doch wo bist du, Roland, mein theurer Neffe?
Bist du dem Tod entronnen? Lebst du?
O tapfrer Turpin, edler Oliwer!
Gerin und Gerer, wo seid ihr, Genossen?
O Gott, mit Taubheit hast du mich geschlagen,
Daß ich's nicht hörte, als der Sturm begann.
O weinet, ihr Helden! Rauft euch das Haar,
Daß ihr bei solchem Streit nicht wart!
Naims. Traun, sie mißgönnten uns den Ruhm,
Mißgönnten uns den Martyrtod.
Galien. O helft mir suchen meinen Vater!
Naims. Sieh dort, o König, zwei Meilen vor uns,
Da kannst du schauen, wie die Straßen stäuben.
Dort ziehn sie hin, die verräthrischen Heiden.
Auf, reiten wir nach und rächen die That!

Karl. O weh, sie sind uns schon zu ferne.
Die Sonne sank ins Meer hinab,
Bald wird das Dunkel der Nacht uns umhüllen,
Und allzu traurig ist mein Muth,
Ach, allzu schwächlich ist mein Glaube,
Als dass ich Gott drum bitten dürfte,
Die sinkende Sonne aufzuhalten,
Bis unsre Rache wir vollbrachten.
Doch dunkle, wettersturmdrohende Wolken,
Die Vorbedeutung noch größerer Schlachten,
Steigen dort auf. Die Rache säumt nicht.
Galien. Hier ist mein Vater!
Naims.   Zu kurz nur war er dir's.
Karl. Doch wo ist Roland? Dereinst in Aachen
Am Weihnachtsfest hört ich ihn so sich rühmen:
Nicht anders wollt' auf dem Schlachtfeld er sterben,
Denn als der erste von allen Rittern,
Das Gesicht nach dem feindlichen Lande gerichtet;
So sterbe ein Held noch als Erobrer.
Naims. Hier liegt der Held, wie er einst sich rühmte.
Karl. O weh, ihr Blumen auf der Heide,
Wie seid ihr so roth von seinem Blut!
Du grünes Gras auf der thauigen Alpe,
Wie bettest du kalt den muthigen Helden!
Mein Roland, mein Neffe, sei Gott dir gnädig!
Mit dir neigt sich zum Fall meine Ehre.
Wer ist, der wie du meine Macht noch stütze?
    Zum Unheil kamen wir her nach Spanien.
Wie trag' ich nach Hause die trübe Kunde?
O Roland, mein Neffe, nun zieh' ich nach Franken;
Und bin ich in Aachen in meiner Halle,
So nahn aus den Reichen meine Vasallen,
Sie fragen mich: Wo ist dein erster Held?
Was geb' ich zur Antwort? — Todt liegt er in Spanien.
In großer Trauer besitz' ich mein Reich;
Es kommt kein Tag, da ich nicht klage.
    Nun werden aufs neu sich die Sachsen empören,
Die Ungarn, Bulgaren, das römische Volk.

Dann wächst meine Pein, es wächst meine Mühsal.
O Frankenland, wie bist du verödet!
Mein Schmerz ist so groß, dass ich möchte vergehn.
    O gebe Gott, der Sohn der Jungfrau,
Dass, eh ich komme jenseits der Berge,
Die Seele sich scheide von meinem Leibe!
Dann legte man mich mitten unter euch,
Und neben euch würde mein Staub bestattet.

Naims. O König, erheb' nicht so gräßlichen Jammer! —
Lass uns durch das Thal die Todten suchen,
Die kühn im Kampf für Gott gefallen.
Lass in ein Beinhaus zusammen sie tragen!
Die Priester mögen ob ihnen singen
Und Myrrhe und Weihrauch dazu verbrennen.
Dann lass mit Ehren und Pracht sie bestatten!
Für sie bleibt uns nichts andres zu thun.
Doch morgen zu Ross und zu den Waffen!
Zur Rache erobern wir Saragossa,
Zerschlagen, zerschmettern mit Keulen und Äxten
Die Tempel der Heiden, brennen sie nieder,
Dass kein Betrug, kein Zauber mehr bleibe!

Karl. Und dann will ich mit den heiligen Leichen
Gen Aachen ziehn, zur verwaisten Heimat,
Dort ein schrecklich Gericht zu halten
Über die Urheber dieses Verraths.
    Weh, dass ich Ganelon ließ dahinziehn!
Weh, dass ich Schwüren der Feinde geglaubt,
Und nicht dem Wort des himmlischen Engels,
Der mir befahl, zum Streite zu ziehn.
Meine Schuld ist's allein, ich selber war es,
Der mich des liebsten Freundes beraubte.
Wird Gott mir noch helfen, da ich ihm misstraute?

Naims. Herr, Ganelon kehrte nicht mehr zurück;
Doch Pinabel sei für ihn nun Geisel
Und die ganze Sippe des schändlichen Verräthers!

Pinabel. Hier steh' ich und wehre mich nicht des Gerichts,
Bereit, mit dem Eide mein Leben zu wagen,
Oder mit dem Schwert, mit Feuer und Wasser,

So wie's euch gut dünkt, euch, Ganelons Feinden!
Auch Ganelon wird sich dir sicher stellen,
Er scheuet nicht gerechtes Gericht.
Karl. O schändlicher Ganelon! Fluche dir Gott!
Was hast du mit meinem Reich gethan!
Mög' ich nimmer dich schaun, verräthrischer Schwäher!

Pinabel wird abgeführt. Bramunde und der verwundete König Marsil werden gebracht.

Naims. König Karl, meine Krieger fanden
Im blutigen Schlachtfeld diese Frau
Über des Heiden Leib gebeugt,
Der dort, zum Tod verwundet, lag.
Mich dünkt, der Sterbende sei Marsil,
Der Mauren König von Saragossa,
Und sie Bramunde, seine Gemahlin.
Marsil. Ja, Karl, heut siehst du den größten Feind
Mit deinem liebsten Freunde sterben.
Meine Schwester hast du mir einst entführt
Und meinem Glauben abtrünnig gemacht.
Drum wundre dich nicht, wenn ich so dich bekämpfe
Mit allen Waffen, ja, selbst mit Verrath!
Ich sterbe gern; mir ward ja die Lust,
Nicht mindern Schmerz meinem Feinde zu machen.
Karl. Spät rächen sich also verworrene Thaten. —
Marsil, so muß ich dich wiedersehn,
Den Bruder des Weibes meiner Jugend?
Ich zürne dir nicht. Dir that ich einst weh,
Drum ward auch jetzt mir Weh und Leid.
Kein Band der Pflicht hat dich mir verbunden.
Doch hör' noch ein Wort, bevor du gehst
In jene Welt, in der ein größerer
Richter als ich die Menschen richtet:
Laß sterbend fahren den alten Groll!
Bei der Liebe der Schwester, verzeihe auch du!
Sie folgte mir frei; groß war ihre Minne.
Erfülle den Wunsch, den sie sterbend aussprach!
Leg' ab mit dem Tod deinen düsteren Glauben!
Marsil. Mein Glaube hat mich durchs Leben geleitet,
Er führe mich auch durch die Pforte des Todes!

Laſs mich ſo ſterben und nöthige mich nicht!
Doch wenn dir noch theuer iſt das Gedenken
An meine Schweſter, einſt dein Weib,
Die längſt ſchon dieſe Welt verließ,
So handle nicht hart an dieſer Frau!
Sie iſt meine Gattin, meine Geliebte.
Da meine Vaſallen mich alle verließen,
Hat ſie allein mein Elend getheilt.
Laſs ſie nicht knechtiſche Feſſeln fühlen
Und zwinge ſie nicht zur verhaſsten Taufe!

Karl. Nicht Zwang, nur Liebe mag ſie gewinnen!
Weigert ſie ſich, bei Chriſten zu wohnen,
So kehre ſie frei, wohin ihr's geliebt.

Marſil. Leb' wohl, mein Weib! Sei mein gedenk!
Zum Paradieſe führe mich der Prophet! (Er ſtirbt.)

Bramunde. Entflieh mir nicht! Verweile, bleibe!
O, daſs ich ſterben könnte vor Leid!
Aufs Schlachtfeld durfte dein Weib dir folgen;
Den weiteren Weg verwehrt mir der Prophet.

Naims. Mein König, dorther auf dem Wege nach Franken
Nahn Lichter durch die finſtre Nacht, —
Fackeln, die eine Sänfte begleiten.
Nicht kriegeriſch ſcheint mir des Zuges Anſehn,
Nein, hochzeitlich in feſtlichem Schmuck.
Aus der Sänfte tritt ein holdſelig Fräulein,
Bekränzte Jungfraun umgeben ſie.
Irr' ich nicht, ſo iſt es Alda,
Oliwers Schweſter, Rolands Braut.

Karl. Weh, was ſollen wir jener ſagen,
Die den Bräutigam erwartet aus meiner Hand,
Und, ach, aus der Hand des todten Bruders!

Chor der Hirten.

Weh, zur Hochzeit kommſt du, Mädchen,
Liebend her aus weiter Ferne.
Ja, du kommſt zur rechten Zeit.

Sieh, schon harret dein der Liebste
Auf dem schön geschmückten Brautbett,
Selber schön zum Fest geschmückt.

Sieh, blutrothe Rosen kränzen,
Rothe Nelken ihm das Haupt!
Ganz bestreut mit rothen Blüten
Ist er, sieh, vom Haupt zum Fuß!

Laßt, ihr Jungfraun, nicht zu laut
Tönen euren Hochzeitsreigen,
Denn er ist im Rosengarten
Eingeschlummert, den ihr sucht,
Und er träumt wohl sel'ge Träume.
Holde Jungfraun, weckt ihn nicht! —

Aber nein, laßt nicht den Reigen!
Schlagt die Cymbeln! Spielt die Lauten!
Schläft er gleich, er schläft zu tief;
Nicht so leicht wird er erwachen.

Alba (tritt aus dem herankommenden Zug der Jungfrauen).
Was stockt euer Zug, ihr holden Gespielen?
Sind wir schon in Saragossa?
Oder kam mein Roland mir entgegen? —
O laßt mich sehn! Helft mir herab! —
O Freude, o Lust! Du, mein König und Herr!
Doch hier im Gebirge? In Spaniens Hauptstadt
Dacht' ich dich längst; denn dahin befahl mir
Turpin eilig zur Hochzeit zu kommen.
Sag', wo ist dein Held, mein Bräutigam?
Weilt er in Saragossa noch?
Er hat die Stadt wohl eingenommen
Und bleibt als König dort zurück,
Indes ihr kehrt ins süße Franken? —
Doch weh, was seh' ich? — Blut und Leichen!

Ihr schlugt allhier eine schreckliche Schlacht.
Und Roland, mein Roland war nicht dabei?

(Alle bleiben stumm und unbeweglich. Bramunde ist über Marsils Leiche gebeugt.)

Bramunde.
Wohin soll ich nun ziehn, da du mir gestorben,
Mein süßer Gatte? Ich hab' keine Heimat,
Ich hab' keinen Freund. Mein Glück ist dahin!
Alda. Wer klagt hier so schmerzlich? Es ist eine Maurin.
Todt ihr Geliebter! Ein Ritter, ein König? —
Ach, Mitleid faßt mich mit der Armen.
Könnt' ich, die Glückliche, Trost ihr sprechen!
Bramunde. Soll ich in Feindes Lande ziehn
Als verachtete Magd der Unterdrücker?
Soll ich den Glauben des Gatten verschwören,
Ihnen zur Minne, die ihn mir raubten?
Alda. Ach, schlechten Trost gewährt die Braut,
Deren Herz so voll ist vom Glücke der Liebe!
Wie könnte sie Worte der Tröstung finden,
Die nicht wie Hohn der Unseligen tönten?
Bramunde. Nein, Geliebter, herrlicher Held,
Mit dem ich der Liebe Lust getheilt,
Laß mich mit dir theilen die Schauer des Todes!
Alda. Wie erregt mir ihr Leid um den todten Geliebten
Das Sehnen nach Roland, dem blühenden Freund!
Doch warum ergreift mich bange Angst
So plötzlich und umschnürt mir das Herz?
Bramunde. Weh mir! Nichts Liebes ist mir auf Erden,
Weil du dahin, Trost meiner Seele!
Alda. So müßt' ich auch klagen, verlör' ich Roland.
Gott dank' ich's, daß sein Stern noch leuchtet.
Bramunde. Weh Roland! Weh dir, blutiger Kämpfer,
Der meinen herrlichen Gatten erschlug!
Alda. Von Roland spricht sie? Er hätt' ihn getödtet?
O fluche nicht Roland! Nicht haftet dein Fluch,
Weil ihn der Segen der Liebe beschützt.
Bramunde. Fluch, Roland, dir! Wohl haftet mein Fluch!
Noch eh ich ihn sprach, hat er ihn schon ereilt.

Alda. Im Wahne spricht das arme Weib.
Wie tief hat das Leid ihre Seele zerstört!
Bramunde. Wer Blut aussäet, was wird er gewinnen?
Wer das Schwert erhebt, was wird er erschwingen?
Alda. Nicht Wahnsinn spricht aus ihren Worten.
Was ist hier geschehn? Ich will es nicht ahnen!
Was bleibst du so stumm, Karl, mein König? —
Was schweigt ihr alle und seht hinweg? —
O sprich doch, Naims, du treuer Herzog!
Sagt mir ein Wort! Wo weilt mein Geliebter?
Bramunde. Sie wagen es nicht, das Wort dir zu sagen.
Zu freundlich sind dir die Freunde gesinnt.
Doch ich, die Feindin, will gerne dir's künden.
Zum Dank verlang' ich nur eines von dir:
Daß du mit mir weinest und klagst mit der Weinenden;
Süß ist's, Genossen des Leides zu haben.
Alda. Weh dir! Schweig! Ich will nichts hören!
Bramunde. So tretet zurück von jener Leiche,
Ihr schönen Ritter! Verdeckt sie nicht länger!
Mißgönnt nicht ferner der freudigen Braut
Den trauten Anblick des treusten Geliebten!
Alda (erblickt Roland).
Ha, Roland! — Bist du's, mein Bräutigam?
So kalt! — Glaubst du dich mir zu entziehn? —
Nein, nein! Wo du ruhst, will ich mich auch betten. —

(Sie sinkt todt an seiner Leiche nieder.)

Naims. Sie stirbt! O Jammer! Es brach ihr das Herz.
Bramunde. Mich betrügt die Christin um den Dank!
Sie will mir Genossin des Leids nicht sein.
Warum versagst du mir, Himmel, den Tod,
Den du so gnädig der Feindin gönnst?
Karl. Die in Leben und Freude geschieden waren,
Hier sind sie vereint im Bette des Todes.
O ewige Brautnacht, hülle sie ein,
Und befreie sie sanft von allem Harm!
Uns hält noch das Leid. — O heiliger Gott,
Wie voll der Mühsal ist unser Leben!

Chor der Hirten.

Ja, voll Mühsal ist das Leben,
Eures mehr noch als das unsre.
Uns erlöst Vergessenheit.
Euch bestrahlt doch später Ruhm!

Druck von Josef Roller & Comp. Wien.

www.ingramcontent.com/pod-product-compliance
Lightning Source LLC
Chambersburg PA
CBHW022202020726
47496CB00008B/2832